MARIA APARECIDA SILVA BENTO

Doutora em Psicologia pela USP; Diretora Executiva do CEERT. Autora de: • Psicologia Social do Racismo: Estudos sobre Branquitude e Branqueamento no Brasil, Vozes, S. Paulo, 2002. • Ação Afirmativa e Diversidade no Trabalho: Desafios e Possibilidades, Casa do Psicólogo, S. Paulo, 2000. • Inclusão no Trabalho: Desafios e Perspectivas, Casa do Psicólogo, S. Paulo, 2001. • Cidadania em Preto e Branco: Discutindo as Relações Raciais, Ática, S. Paulo, 1998.

Núbia
Rumo ao Egito

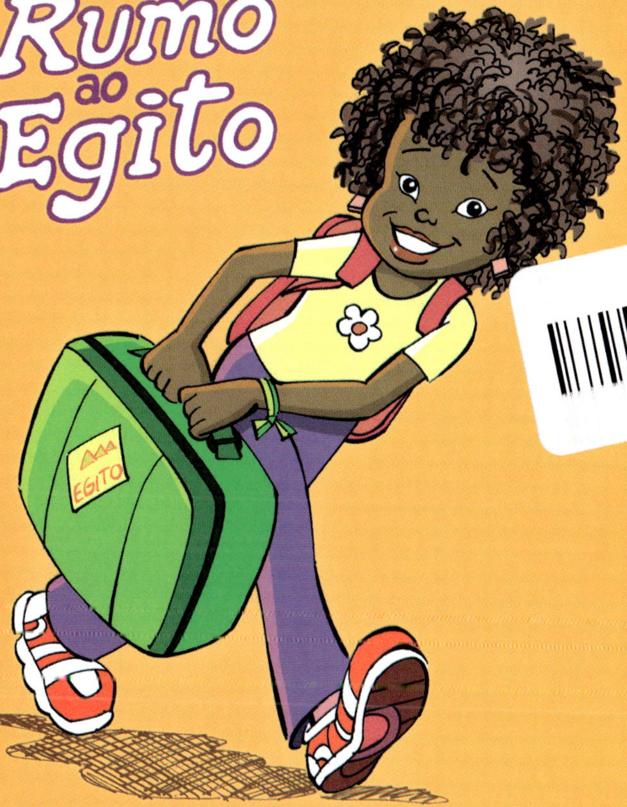

Coleção MÃE ÁFRICA

Organizada por Maria Aparecida Silva Bento
Projeto e coordenação de Myriam Chinalli

São Paulo - 2009

Todos os direitos de edição reservados à
EDITORA FTD S.A.
Matriz: Rua Rui Barbosa, 156 (Bela Vista) São Paulo – SP
CEP 01326-010 – Tel. (0-XX-11) 3598-6000 – Fax (0-XX-11) 3598-6314
Caixa Postal 65149 – CEP da Caixa Postal 01390-970
Internet: http://www.ftd.com.br
E-mail: ciencias.sociais@ftd.com.br

Diretora editorial: Silmara Sapiense Vespasiano

Editor: Lafayette Megale

Editor assistente: José Alessandre S. Neto

Assistente de produção: Lilia Pires

Assistente editorial: Cláudia C. Sandoval

Preparação: José Alessandre S. Neto

Revisão: Geuid Dib Jardim
        Lucila Vrublevicius Segóvia

Estagiária: Patrícia A. Cordeiro

Coordenador de produção editorial: Caio Leandro Rios

Editora de arte e projeto gráfico: Andréia Crema

Ilustrações: Megatério Estúdio
           Miguel Mendes (desenho)
           Marco (arte-final)
           Fábio Ferreira (cores)

Cartografia: Sônia Vaz

Iconografia

Coordenação: Sônia Oddi

Pesquisa: Daniel Cymbalista
         Elizete Moura Santos
         Odete Ernestina Pereira

Assistência: Cristina Mota

Editoração eletrônica

Diagramação: Fabiano dos Santos Mariano
            Heloisa D'Áuria

Imagens: Ana Isabela Pitan Maraschin
        Eziquiel Racheti

Gerente de pré-impressão: Reginaldo Soares Damasceno

Dados Internacionais de Catalogação na Publicação (CIP)
(Câmara Brasileira do Livro, SP, Brasil)

Núbia rumo ao Egito / organizada por Maria
Aparecida Silva Bento ; projeto e coordenação de
Myriam Chinalli. — 1. ed. — São Paulo : FTD, 2009. —
(Coleção mãe África)
Bibliografia.

ISBN 978-85-322-7200-3

1. Egito - História (Ensino fundamental)
I. Bento, Maria Aparecida Silva. II. Chinalli,
Myriam. III. Série.

09-10140   CDD-372.8932

Índice para catálogo sistemático:
1. Egito : História : Ensino fundamental 372.8932

Olá, pessoal. Tudo bem?

Meu nome é Núbia. Tenho 10 anos.

Vocês precisam saber o que aconteceu comigo! Todo ano minha escola participa da Olimpíada da Cidadania, uma competição cultural entre as escolas de todo o estado. Ela dá prêmios incríveis para os alunos vencedores e também para suas escolas.

Este ano o tema é "A África e os descendentes de africanos no Brasil".

Eu adorei! Mas agora que já entreguei meu projeto, estou tão ansiosa para saber se fui selecionada...

O resultado sai hoje. Foi uma correria para pesquisar e fazer o meu trabalho. Se eu passar nessa etapa, será uma grande aventura!

Vocês querem vir comigo?

Vamos!

SOU NEGRO

Sou Negro
meus avós foram queimados
pelo sol da África
minh'alma recebeu o batismo dos tambores
atabaques*, **gonguês** e **agogôs**.

Contaram-me que meus avós
vieram de **Luanda**
como mercadoria de baixo preço
plantaram cana pro senhor do engenho novo
e fundaram o primeiro **Maracatu**.

Depois meu avô brigou como um danado
nas terras de Zumbi
Era valente como quê
Na capoeira ou na faca
escreveu não leu
o pau comeu
Não foi um pai João
humilde e manso

Mesmo vovó
não foi de brincadeira
Na guerra dos **Malés**
ela se destacou

Na minh'alma ficou
o samba
o **batuque**
o **bamboleio**
e o desejo de libertação...

(Solano Trindade. *Cantares a meu povo*.
São Paulo: Fulgor, 1961. p. 42.)

* Veja o significado das palavras em **marrom** no Glossário, ao final do livro.

SUMÁRIO

1. A grande notícia 6
2. A história da família 9
3. A Olimpíada da Cidadania – como tudo começou 12
4. Casa "Saberes da África" 18
5. A festa afro-brasileira 32
6. Fé e religião 34
7. Enfim, o Egito! 37
8. Voltando para casa 44

Glossário 45

Referências bibliográficas 48

A GRANDE NOTÍCIA

Saí da escola numa corrida danada.

Corria, corria, e não parava de pensar: "Consegui! Consegui! O pessoal lá de casa nem vai acreditar!".

No ônibus, não ficava quieta, os pensamentos vinham sem parar: "Quantas notícias boas, Núbia! Que legal!".

Desci do ônibus quase sem ter prestado atenção no caminho! Estava tão agitada!

Abri a porta de casa e todos olharam para mim. Esperei um pouco, saboreando aquele momento de expectativa... Todos perguntaram ao mesmo tempo:

— Fala, Núbia!

Gritei:

— CONSEGUI! O MEU PROJETO É UM DOS TRÊS CLASSIFICADOS NA OLIMPÍADA DA CIDADANIA! SE EU GANHAR, VAMOS PARA O EGITO! VAMOS PARA A ÁFRICA, MÃE!

Foi uma gritaria geral, todos festejando, pulando na cozinha de casa.

Minha mãe estava muito emocionada, seus olhos bem escuros brilhavam como se ela fosse chorar. Foi ela quem mais me incentivou a fazer o trabalho. Em muitos momentos, tive dúvidas se valia a pena continuar. Era tão difícil encontrar material sobre a África na biblioteca da escola! Eu pensava em desistir, mas ela não deixava!

Olhei para ela e pensei: "Que sorte ter uma mãe tão legal! Ela é linda".

Os cabelos da minha mãe estavam muito bonitos hoje. Eles são crespos e ela inventa um monte de penteados diferentes. Antigamente, quando ela penteava meu cabelo, eu ficava muito irritada e resmungava:

— Não gosto do meu cabelo! Todo mundo fala que é cabelo ruim!

— Ruim nada. Com os cabelos crespos a gente pode inventar penteados diferentes todo dia, e até colocar enfeites – ela sempre fala.

Como diz a Elisa Lucinda, atriz e poeta negra, cabelo ruim é aquele que abandona a cabeça das pessoas antes da hora, deixando-as carecas. Sempre que lembramos disso, rimos muito.

Por fim, aprendi a gostar do meu cabelo! Afinal, muitos da minha família têm cabelo igual ao meu.

A história da família

Hoje contei para os amigos do bairro a minha vitória na primeira etapa da Olimpíada da Cidadania.

Moramos na periferia e muitas famílias são negras, como a minha, e com costumes parecidos. Isso é muito legal! Quem é de fora do bairro às vezes chega a pensar que são todos da mesma família.

Meu pai é de Pernambuco. Chama-se Pedro, é bem grandão e mais claro que minha mãe. Ele é sério, caladão e fica bravo à toa.

Minha mãe é bem diferente, é mais alegre e conversadeira. Ela se chama Antônia e nasceu em Minas Gerais. É alta, nem gorda nem magra, pele bem negra, lisinha e brilhante, dessas que dão vontade de a gente beijar ou passar a mão. Ela trabalha num hospital, como auxiliar de enfermagem.

Eles se conheceram em São Paulo. As famílias dos dois, muito pobres, vieram para São Paulo em busca de uma vida melhor.

Meu pai estudou só até o 5º ano e trabalha como pedreiro. Ele fala sempre para meu irmão e eu não pararmos de estudar. Quando andamos de ônibus pela cidade, ele mostra orgulhoso os viadutos e prédios que ajudou a construir.

— Eu e muitos nordestinos ajudamos a fazer essas construções em São Paulo! Pena que não temos dinheiro para morar nesses prédios. Aquele, lá do outro lado da rua, tem piscina, quadra, salão de festas... Demoramos um tempão para terminar – disse o meu pai.

Uma pessoa que adoro na minha família é minha avó, mãe da minha mãe. Seu cabelo é branquinho, branquinho, e a pele é bonita, igual à da minha mãe.

Minha avó tem 76 anos. Ela conta muitas histórias para nós. Histórias da África, que ela ouviu da avó dela, e também histórias aqui do Brasil. Conta tudo com muita emoção, e todos ficamos em silêncio ouvindo.

Às vezes, sua voz fica grave, tenebrosa, seus olhos arregalados, quando a história tem morte, assombração, cemitério. Eu fico arrepiada... Em outras horas, conta histórias engraçadas e se movimenta muito, dando risadas gostosas que deixam seus olhos úmidos.

Ah! Tem também meu irmão Carlos. Ele tem 17 anos, quase não fala com ninguém porque só fica com fone no ouvido, escutando *rap*, ou sai para jogar bola com os amigos. Ele implica muito comigo, mas às vezes a gente consegue conversar legal.

Depois de dar a notícia sobre a Olimpíada da Cidadania, me joguei no sofá, exausta. Mas logo levantei e fui correndo para a cozinha, de onde estava vindo um cheirinho delicioso. Mamãe estava fazendo **mungunzá**. Fiquei olhando ela cozinhar.

Dava água na boca ver aquele panelão com o doce clarinho, cheiroso, borbulhando. Ela estava mexendo, mexendo. Aí desligou o fogão, despejou o doce numa grande travessa e falou:

— Núbia, cubra com cuidado!

— Não vá se queimar — falou vovó, que entrava na cozinha naquele momento.

Fui cobrindo com a tampa bem devagarzinho, desfrutando o cheirinho gostoso do doce. Sabia que ele veio lá da África? Mamãe aprendeu a fazer com a avó dela.

Ficamos ali conversando.

Mungunzá
Receita da culinária nordestina

Ingredientes:
- 250 g de milho branco para canjica
- 1 litro de leite
- 1 e ½ xícara (de chá) de açúcar
- 1 xícara (de chá) de coco fresco ralado
- canela em pó ou em pau, a gosto

Como fazer:

Deixe o milho de molho na água por um mínimo de três horas, ou até por uma noite.

Leve ao fogo em uma panela de pressão, com um litro de água, e cozinhe por 30 minutos.

Deixe sair a pressão naturalmente.

Se o milho já estiver macio, junte o leite, o açúcar e o coco ralado, cozinhando por mais 30 minutos com a panela destampada.

Servir quente, morno ou gelado.

Se gostar, polvilhe com canela em pó.

Existe uma variação que substitui o coco ralado por amendoim torrado (sem sal) e moído (nada muito fino).

Nos estados do Sul, o doce é chamado de canjica de milho branco ou apenas de canjica.

Aí eu falei:

— Mãe, acho que você ficou até mais feliz que eu com a minha vitória nessa etapa da olimpíada, não é?

Ela suspirou, pensou um pouco e disse:

— Filha, me incomoda demais que, no Brasil, muitas pessoas não valorizem a África e tenham preconceito com os descendentes de africanos. Muitas mulheres negras, como eu, que têm até algum estudo, não conseguem bons trabalhos e sofrem **discriminação**.

— Mãe — continuei eu —, mas você procurou outros tipos de emprego? Você nunca falou sobre isso!

— Procurei tanto que desisti! Mas tenho certeza de que sua história será diferente, Núbia. O Brasil está mudando! — E encerrou a conversa.

Bom, uma das coisas que deu para perceber é que ela sempre sentiu falta de que as escolas ensinassem mais sobre a África, de onde vieram nossos antepassados. Pelo jeito, havia chegado a hora!

capítulo 3
A Olimpíada da Cidadania
como tudo começou

Logo nos primeiros dias de aula, em fevereiro, a professora Maria Lúcia veio falar conosco sobre a olimpíada.

— Nossa escola sempre participa da Olimpíada da Cidadania. Nesses anos todos, já tivemos dois trabalhos premiados. Foi muito bom para os alunos escolhidos e para a nossa escola, pois ela também recebeu prêmios: computadores, livros, novos cursos...

A professora continuou:

— Neste ano, a olimpíada tem um tema muito especial: **A África e os descendentes de africanos no Brasil**.

Ficou um grande silêncio na classe. Todos olharam para a professora, tentando entender. Carlinhos, que não parava quieto, logo fez a primeira pergunta:

— O que são descendentes de africanos?

Aninha questionou em seguida:

— Mas por que um trabalho sobre a África?

A professora Maria Lúcia, percebendo a inquietação de todos, falou:

— Calma, calma, vou dar algumas explicações logo, logo. Depois, virá aqui uma pessoa muito interessante, que conhece bastante sobre o assunto, para falar com vocês.

— Quem, quem? — perguntamos todos.

— Calma — respondeu risonha a professora. — Aguardem!

Fiquei olhando para a professora. Todos gostamos muito da Maria Lúcia. Ela é alegre e bonita, sempre com brincos e pulseiras coloridas. Eu e minhas amigas tentamos imitá-la.

Maria Lúcia começou a explicação.

— O presidente do Brasil assinou a Lei nº 10.639, de 2003, que obriga todas as escolas a ensinarem a história da África e a cultura afro-brasileira.

— Ué, mas a gente já não tem aula de História, professora? – perguntou Carlinhos.

— Na verdade, essa lei foi criada para mostrar a todos os estudantes, e também aos professores, a importância de se aprender e ensinar as diferentes culturas e histórias do nosso povo, Carlinhos – explicou calmamente a Maria Lúcia. Infelizmente, isso não era feito – continuou ela. Quem sabe as coisas mudem agora... Vou ler um trecho da lei para vocês:

Lei nº 10.639, de 9 de janeiro de 2003

"Art. 26-A. Nos estabelecimentos de ensino fundamental e médio, oficiais e particulares, torna-se obrigatório o ensino sobre História e Cultura Afro-Brasileira.

§ 1º O conteúdo programático [...] incluirá o estudo da História da África e dos Africanos, a luta dos negros no Brasil, a cultura negra brasileira e o negro na formação da sociedade nacional, resgatando a contribuição do povo negro nas áreas social, econômica e política pertinentes à História do Brasil.

§ 2º Os conteúdos referentes à História e Cultura Afro-Brasileira serão ministrados no âmbito de todo o currículo escolar, em especial nas áreas de Educação Artística e de Literatura e História Brasileiras."

Maria Lúcia falava com firmeza:
— A atualização mais recente dessa legislação é a Lei nº 11.645, de 2008, que incluiu no currículo oficial da rede de ensino a obrigatoriedade da temática "História e Cultura Afro-Brasileira e Indígena". Ou seja, a lei de 2008 insere no currículo oficial a temática da história e da cultura indígenas. Respondendo à primeira pergunta do Carlinhos, descendentes de africanos são os filhos, netos, bisnetos, trinetos dos africanos. No Brasil, temos muitos descendentes de africanos. Cerca de metade da população.
— Nossa, metade da população, professora?
— Isso mesmo. Lembram? Já vimos um pouco dessa história em nossas aulas. Os africanos foram trazidos de diferentes países da África, como Moçambique, Cabo Verde, Ilha de São Tomé, Congo e Angola. Até mesmo filhos de reis foram capturados na África e trazidos pelos europeus para o Brasil, para trabalhar como escravos.
— E agora, a nossa convidada... Entre, Dandara, venha cá! – chamou, entusiasmada, a professora.

Então entrou a tia de Daniela, uma das alunas, equilibrando grandes rolos de papel na mão.

— Bom dia!

— Bom diiiiia!!! — respondemos todos.

— Meu nome é Dandara. Sou professora e faço parte de uma **organização** do movimento negro chamada "Saberes da África".

Ela tinha a voz suave, porém firme:

— Sabem o que é o movimento negro? — perguntou Dandara.

— Nããããooo! — respondemos.

— Então, vou explicar! O movimento negro é composto por grupos de pessoas, em todo o país, que lutam para que a sociedade valorize as raízes africanas do Brasil. Eles batalham para acabar com o **racismo** e para que a sociedade respeite a população negra e sua história no país. Os negros contribuíram muito para construir o Brasil. Leiam este quadro comigo.

A riqueza produzida pelos negros escravizados

Foram arrancados da África cerca de 100 milhões de negros, desorganizando sociedades inteiras, fazendo desaparecer vários povos, corrompendo outros e condenando os africanos a ficarem parados no tempo. Para o Brasil vieram quase 4 milhões, cujo trabalho foi fundamental para o desenvolvimento da economia mundial e do **capitalismo**. Um exemplo disso é que o Brasil produziu em setenta anos (entre 1700 e 1770) metade da produção do ouro em todo o mundo nos duzentos anos de 1600 a 1800. E quase a totalidade desse ouro, nada menos que 983 toneladas, foi parar na Inglaterra, financiando o grande desenvolvimento industrial dos ingleses e dando forças ao processo **imperialista** mais forte que o mundo conheceu.

Antes disso, em torno de 1560, os portugueses foram os maiores produtores de açúcar nas Américas, dominando o mercado mundial, à custa do trabalho escravo.

A importância do algodão – que é nativo no Brasil e conhecido pelos índios – aumenta a partir dos séculos XVIII-XIX, especialmente de 1850 em diante. Com o trabalho escravo, a indústria de tecidos vai utilizá-lo cada vez em maior escala, em substituição à lã.

Dandara abriu um grande mapa com o Brasil e a África bem destacados.

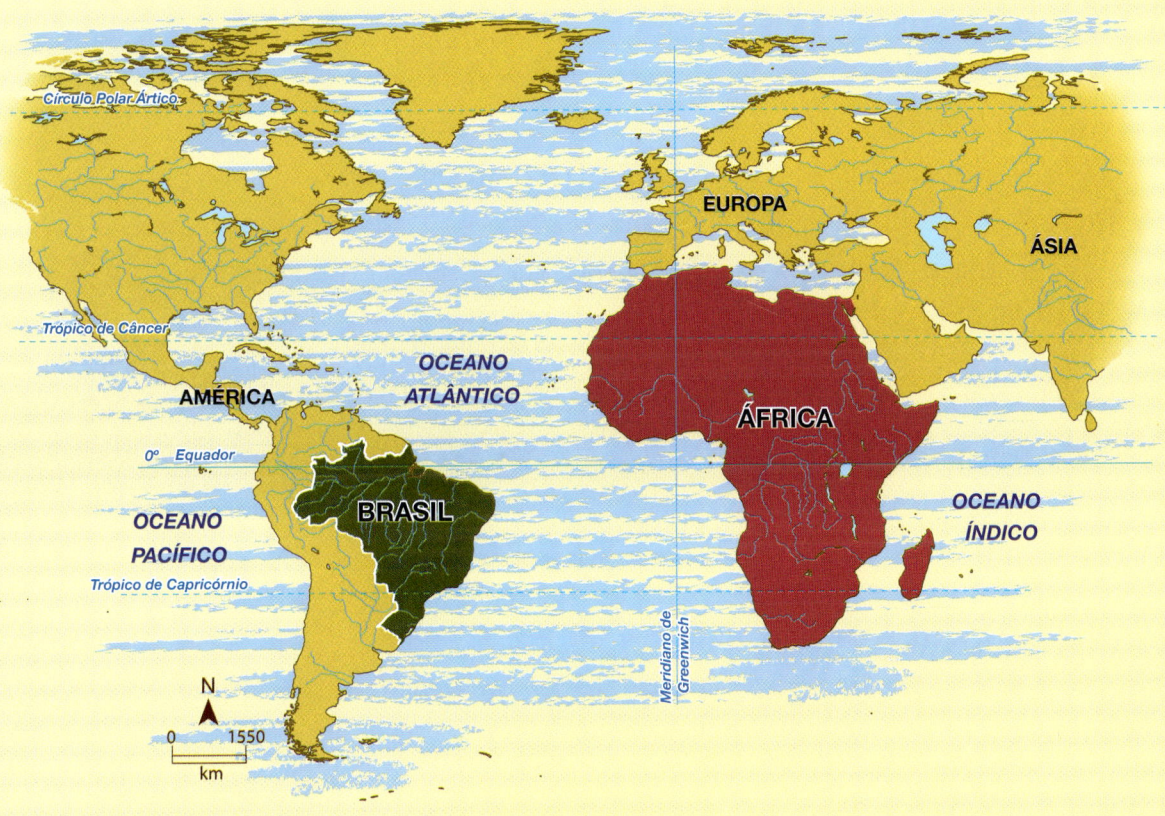

— Lembrem-se — continuou ela — de que os portugueses chegaram ao Brasil há pouco mais de quinhentos anos. Por quase quatrocentos anos, o tempo em que durou a escravidão, o principal trabalhador do país foi o negro escravizado.

— E que tipo de trabalho os escravos faziam? — perguntei.

— Todo tipo de trabalho – esclareceu Dandara. — Grande parte das construções que vemos quando passeamos neste grande Brasil, como igrejas, estradas, portos, usinas, casas, hospitais, foram construídas pelos negros. Comidas, roupas, cuidados com a casa... Tudo era responsabilidade dos negros escravizados. Porém eles não recebiam dinheiro por esse trabalho.

— Quando acabou a escravidão? — Julinho estava curioso.

— Há pouco mais de cem anos, em 1889, depois de muitas lutas dos negros. Os negros resistiram de muitas formas, inclusive fugindo das fazendas onde trabalhavam.

— E para onde eles fugiam? — perguntou Aninha.

— Para bem longe — respondeu Dandara —, para os quilombos.

— Quilombos? Que é isso, professora? — Carlinhos perguntou, curioso.

Dessa vez quem respondeu foi a Maria Lúcia:

— Os quilombos eram agrupamentos sociais construídos e organizados pelos negros que fugiam e lutavam contra a escravidão, Carlinhos. Lá eles podiam viver em liberdade.

— Exatamente — continuou Dandara. Em todo o Brasil, ainda hoje, temos muitos territórios remanescentes de quilombos. Observem este mapa.

Dandara abriu outro mapa.

Detalhe do monumento a Zumbi dos Palmares, no Rio de Janeiro.

16 ❖ MÃE ÁFRICA

Dandara explicou melhor:

— O maior dos quilombos foi o de Palmares. Lá viveu o grande líder Zumbi dos Palmares. Zumbi morreu lutando pela liberdade de seu povo. Por isso, 20 de novembro, data em que foi assassinado, em 1695, é o Dia da Consciência Negra. Durante quase cem anos, esse quilombo, que chegou a ter 30 mil pessoas, sobreviveu em um lugar chamado Serra da Barriga, no atual estado de Alagoas. Como vocês podem ver aqui pela imagem, essas pessoas construíam casas, plantavam, estudavam e viviam em liberdade. Como este, havia muitos quilombos em todo o Brasil.

Tocou o sinal. Era hora do lanche. Todo mundo começou a se agitar. Dandara disse:

— Quando quiserem, vocês podem me visitar. Aliás, na quarta-feira que vem, teremos uma aula lá no "Saberes da África". Vocês não querem assistir? — perguntou ela.

— QUEREMOS! — gritamos.

— Eu vou pedir a autorização da escola e dos pais de vocês pra gente fazer essa visita – falou Maria Lúcia, dando um abraço gostoso na Dandara.

Planta do Quilombo Buraco do Tatu. c. 1764. Arquivo Histórico Ultramarino, Lisboa

Comunidade Quilombola no município de Morros, Maranhão, 2006.

capítulo 4
Casa "Saberes da África"

Hoje é quarta-feira, e vamos conhecer a casa "Saberes da África", onde Dandara trabalha. Ela vai falar mais sobre a África. Estamos curiosos.

Passei na casa de minha melhor amiga, Bianca, para irmos juntas.

A casa "Saberes da África" era um lugar diferente, com muitos objetos de madeira, de pedra, de metais, de pano. Num canto, havia prateleiras com livros, noutro, um cesto de bonecas negras.

— Quantas bonecas diferentes! — exclamei.

Uma era de metal, magrinha e comprida, com argolas coloridas no pescoço. Outra era de madeira e gordinha, com um cesto de grão de milho na cabeça. Tinha uma bem pequenina, de pano, toda coberta de contas de vidro coloridas! Que lindas! Íamos olhando tudo, tocando... Tinha umas estátuas grandes e, quando peguei uma delas, Augusto gritou:

— Larga isso! É coisa do demônio!

Todos pararam, assustados. Ficou o maior silêncio.

Imagens africanas: Hemera e Photodisc/Getty Images

18 ❖ MÃE ÁFRICA

Boneca dos índios Karajá, Tocantins.

Carranca viking no Museu Viking em Oslo, Noruega, 2008

Escultura em madeira e metal proveniente do Gabão (África), século XIX.

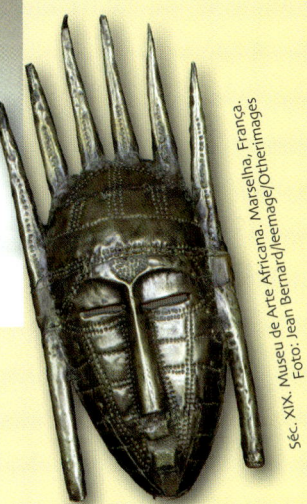
Máscara proveniente do Mali composta de madeira revestida com folhas de latão

— O que aconteceu? — perguntou a professora Maria Lúcia a Augusto.

— A Núbia está pondo a mão nessa coisa do demônio – ele respondeu.

Dandara, com o rosto muito sério, falou:

— Isso não é coisa do demônio, Augusto. É um objeto da cultura africana.

— Meu primo falou que essas imagens são do mal!

— Isso é **preconceito racial** do seu primo — falou Dandara.

— Preconceito racial? — perguntou Augusto. — O que é isso?

— Preconceito racial — continuou ela — é uma ideia, um conceito antecipado que se tem sobre pessoas e coisas de determinados grupos étnicos, geralmente em relação aos que não são brancos, principalmente negros e indígenas. Por exemplo, se a estátua é africana, logo dizem que é coisa de "gente negra" e do "demônio". Todas as sociedades têm as estátuas como expressões culturais importantes. Você sabia disso?

— Não sabia, professora — falou sem graça o Augusto.

— E você não acha que todas as culturas e as religiões merecem respeito?

Dandara continuou explicando:

— Muitas estátuas, nas sociedades africanas, representam os ancestrais, ou seja, nossos pais, mães, avós, bisavós. São usadas em diferentes momentos, segundo cada cultura, inclusive nas ocasiões em que celebram a passagem de jovens para a idade adulta, os ciclos da natureza, a morte de uma pessoa de um grupo, o pedido de proteção ou agradecimento aos deuses etc. Elas fazem parte dos valores e da cultura das sociedades africanas. Vamos ler o quadro a seguir.

Valores fundamentais das sociedades africanas

Na concepção africana, o clã, a linhagem, a família, a etnia são uniões dos vivos e dos mortos. Entre os mortos há as pessoas comuns e os ancestrais. Os ancestrais são aqueles que, durante a vida, tiveram uma posição social destacada, como um rei, um chefe de etnia, um fundador de clã etc.

Origem de vida e de prosperidade, o ancestral está sempre presente na memória de seus descendentes através do culto que deles recebe. São representados materialmente por estátuas, pedras e outros monumentos, de acordo com a diversidade cultural africana.

Outra característica das sociedades africanas tradicionais é a ideia de que, como o descendente vem do ascendente, o futuro está intimamente ligado ao passado, passando pelo presente.

Há o respeito a todas as formas de vida. Por exemplo, as preces e orações feitas a uma árvore, antes de ela ser derrubada, eram uma atitude simbólica de respeito à existência daquela árvore.

— Vamos para o auditório — chamou a professora Maria Lúcia. — Lá, vocês vão entender melhor.

No auditório, Dandara nos apresentou outro professor:

— O professor Boaventura é uma das pessoas que vão dar aula sobre a África.

Poucos minutos depois, a aula começou.

— Nesta aula vou utilizar muitos ensinamentos que aprendi com outro professor: Kabengele Munanga, um dos principais especialistas sobre cultura africana aqui no Brasil — disse o professor Boaventura.

Professor Kabengele Munanga

O professor Kabengele Munanga nasceu no então Congo Belga, atual República Democrática do Congo. Foi o primeiro da família (no continente ocidental) que conseguiu fazer curso superior e o primeiro antropólogo formado na Universidade Oficial do Congo. Fez mestrado na Bélgica, onde nasceram seus dois filhos, Bukasa e Kolela. Tentou exercer sua profissão no seu país de origem, mas não conseguiu, pois havia lá um regime político ditatorial de 33 anos que impedia críticas e propostas construtivas. Além disso, membros de sua família, opostos a esse regime, foram presos e alguns morreram na prisão. Assim, autoexilou-se no Brasil, onde fez doutorado na Universidade de São Paulo (USP).

Antropólogo e professor Kabengele Munanga.

O professor Kabengele tem uma bela carreira na USP, uma das principais universidades da América Latina. É professor titular, sendo o segundo negro que conseguiu essa colocação. Já escreveu e organizou mais de quinze livros, tem capítulos publicados em mais de trinta obras, já escreveu mais de cem artigos para jornais e revistas e formou ao longo dos anos mais de vinte mestres e doutores.

Dentre os diferentes ensinamentos que recebemos dele, um dos mais importantes é que a África é imensa e possuidora de uma rica diversidade entre os povos, mas que há mais semelhanças do que diferenças entre os africanos. Por exemplo, a maioria das sociedades africanas tem o conceito de um Deus único que criou o mundo e se distanciou e que pode ter diferentes nomes. Seus filhos, os Orixás, cuidam do mundo. Todas as sociedades africanas têm um profundo respeito pelos mais velhos. Eles são considerados as bibliotecas vivas. As sociedades africanas valorizam muito a oralidade, ou seja, o que é trazido pelas palavras. Mas o professor nos lembra que é também na África, mais precisamente no Egito, que surgiu a escrita.

— Primeiramente, é importante lembrar que o continente africano tem 54 países, incluindo as ilhas, num imenso território de 30 milhões de quilômetros quadrados, ou seja, quatro vezes o tamanho do Brasil. Lá vivem mais de 900 milhões de habitantes e se falam 2 mil idiomas — completou o professor Boaventura. — A África é uma das mais antigas civilizações do mundo e foi lá que a espécie humana teve sua origem, aos pés das "Montanhas da Lua", lugar marcado por grandes lagos onde estão as nascentes do rio Nilo. Dali os seres humanos partiram para povoar o continente africano e o mundo. Leiam juntos comigo o quadro a seguir.

A África antes da colonização europeia

Viajantes árabes e europeus descrevem em seus relatos como testemunhas oculares a África que viram, antes da **colonização**. Eles mostram uma África cheia de beleza e riqueza.

Muitos falaram com admiração das formas políticas africanas altamente elaboradas e aperfeiçoadas, entre as quais estavam reinos, impérios, **cidades-Estado** e outras formas políticas baseadas no parentesco, como chefia, clãs, linhagens etc. Dentre essas formas políticas podemos destacar alguns impérios, como, por exemplo, o de Gana, conhecido como país do ouro: "o ouro crescia como cenouras e era arrancado ao nascer do solo…". Já no século IX, Gana mantinha um comércio com mercadores árabes, berberes e sudaneses que vinham buscar ouro e em troca ofereciam tecidos, sal e outros produtos.

O império do Mali, durante dois séculos, foi o mais rico **Estado** da África Ocidental. Possuía minas de ouro e tinha controle das vias em direção ao Maghreb, a Líbia e ao Egito. Seu declínio, na primeira metade do século XV, deve-se aos conflitos entre dinastias e ao surgimento de rivais ambiciosos.

Uma população de camponeses, caçadores e pescadores fundou, por volta do século VIII, o pequeno reino de Kukia. Estão registrados muitos outros reinos como o do Congo, do Ashanti, de Abomey etc.

É importante destacar também que, a partir do século XI, desenvolveu-se, na atual Nigéria, a civilização ioruba. Ela era formada por dezenas de cidades, das quais muitas ultrapassavam 20 mil habitantes. Podiam-se observar grandes centros de artesanato com oleiros, tecelões, marceneiros, ferreiros. Eles praticavam atividades agrícolas baseadas no plantio do inhame e da palmeira.

Ilustração do século XVII com vista panorâmica do reino de Loango, estado africano pré-colonial que ocupava uma extensa área onde hoje se localizam parte de Angola, da República do Congo, da República Democrática do Congo e do Gabão.

Na cidade sagrada de Ifé, por exemplo, entre os séculos XI e XV, já existia uma metalurgia do bronze, baseada na técnica chamada "cera perdida". Encontraram-se cabeças, bustos e estátuas de reis, de rainhas e altos dignatários, peças muito harmoniosas, descobertas em uma pesquisa arqueológica, realizada em 1938.

Como todas as cidades iorubas, o reino do Benin foi ligado à cidade sagrada de Ifé. A capital do reino era dividida em quarteirões especializados em atividades produtivas: fabricação de tambores, fundição de bronze, curtumes, esculturas em madeira. Os soldados ingleses apoderaram-se de milhares de obras-primas de arte de Beninque, que hoje podem ser vistas nos grandes museus e nas galerias de arte europeias.

Fontes de pesquisa:
MUNANGA, Kabengele. *Negritude – usos e sentidos*. 2. ed. São Paulo: Ática, 1988. (Série Princípios.)
MUNANGA, Kabengele; GOMES, Nilma. *Para entender o negro no Brasil de hoje:* história, realidades, problemas e caminhos. São Paulo: Global/Ação Educativa, 2004. (Coleção Para Entender, v. 1.)

E o professor continuou:

— Os 54 países africanos convivem como outras nações do mundo: às vezes se entendem, às vezes brigam entre si. Eles têm muitas diferenças, de línguas, religiões, costumes, tradições, mas existem mais semelhanças do que diferenças entre eles.

E prosseguiu:

— Mas aí começou a colonização. Os **colonizadores** vinham da Europa, de países como Portugal, França e Inglaterra, países pequenos e às vezes muito frios. Claro que "os olhos deles cresceram" para as riquezas da África: o ouro, o cobre, o diamante, as riquezas da fauna e da flora, que eram imensas.

Nessa hora, Aninha perguntou:

— O que é colonização?

— Colonização é o povoamento e a exploração econômica de uma região invadida, a **colônia**, por uma nação fortemente armada, a **metrópole**. O colonizador muitas vezes impõe sua cultura, sua língua, sua religião e seu controle político. Os colonizadores europeus construíram e propagaram a ideia de que eles eram superiores, civilizados, e vinham para a África e as Américas "civilizar os outros povos".

— Mas como os colonizadores conseguiram se impor sobre os outros grupos? — perguntou Carlinhos.

— Eles usaram da força! — exclamou o professor. — Chegaram com embarcações e armamentos poderosos. Na África, já tinha uma civilização adiantada havia milênios, já tinha comércio e só no final do século dezenove é que vieram esses colonizadores, interrompendo um jeito de viver de muitos grupos.

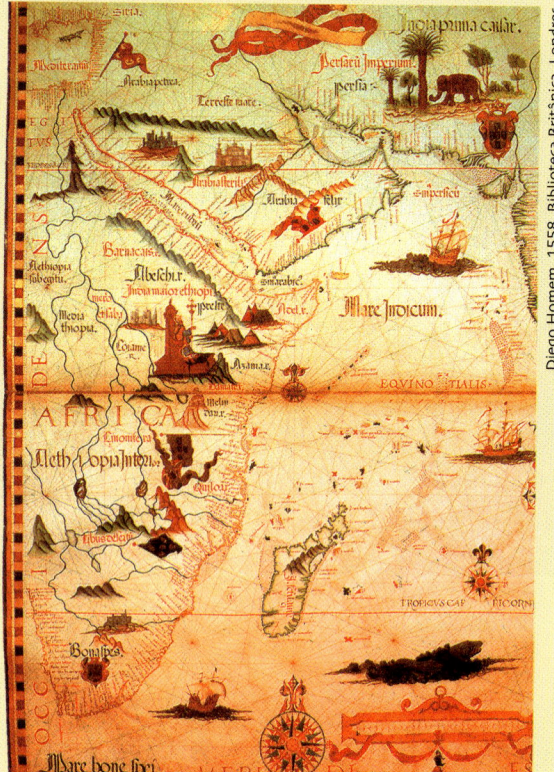

Mapa da Costa Leste da África e Madagascar, século XVI.

— E o que eles fizeram? — perguntou Bianca.

— Usando de violência, os colonizadores dividiram e reagruparam as sociedades africanas, desrespeitando as fronteiras entre os reinos, misturando povos que tinham histórias, línguas e tradições diferentes. Os povos africanos foram expostos a uma nova maneira de viver, de pensar. Muitas vezes eram obrigados a abandonar sua própria língua e falar inglês ou francês e tinham que aceitar outra religião.

Nesse momento, o professor Boaventura citou o comentário de um colonizador britânico, lorde Salisburg, que ele leu em um livro do professor Kabengele:

— "Traçamos linhas sobre mapas da região onde o homem branco nunca tinha pisado. Distribuímos montanhas, rios e lagos entre nós, ficamos apenas atrapalhados por não sabermos onde ficariam essas montanhas, esses rios e esses lagos." *

* MUNANGA, Kabengele; SERRANO, Carlos. *A revolta dos colonizados*: o processo de descolonização e as independências da África e da Ásia. São Paulo: Atual, 1995.

O professor Boaventura nos mostrou o mapa da África dividida pelos colonizadores.

— Ainda tem colonização na África? — perguntei.

— Não — falou o professor. — Depois de muita luta e resistência dos povos africanos, a colonização acabou! Porém, quando acabou a colonização, a maior parte das **riquezas minerais** já estava esgotada. O meio ambiente ficou degradado, e a população, empobrecida. Um exemplo é o fato de que a colonização portuguesa, após quinhentos anos na Guiné, em Angola e em Moçambique, deixou ali cerca de 70% de analfabetos. Os colonizadores europeus deixaram muita discórdia, grupos brigando entre si, pois haviam assinado **tratados** de amizade com alguns chefes, reis e imperadores africanos gananciosos, fornecendo-lhes armas e munições, o que acirrou brigas entre várias nações africanas vizinhas. Grande parte dos conflitos armados na África hoje são consequências desse período de colonização. Agora, vocês podem olhar com calma e tocar nesses diferentes objetos que tem aí nesse **balaio**. São mapas, estátuas, máscaras, enfim, vários objetos que vão ajudar vocês a conhecerem um pouco mais sobre a África.

Mapa da Partilha da África

— Oba! – gritei.

Todos me olharam espantados.

— Desculpem, é que estou querendo muito encontrar coisas sobre o Egito.

O professor Boaventura, rindo, falou:

— Fique à vontade. Você vai encontrar até uma miniatura de múmia aí.

Corremos todos e nos debruçamos sobre o "balaio da África", como o apelidamos, procurando os misteriosos objetos.

Voltei para casa cansada, mas feliz. Logo que cheguei, vi a turma brincando na rua.

Já era noite, mas a rua onde moro não é perigosa. É uma rua sem saída, onde quase não entram carros. As crianças das ruas vizinhas vêm todas para a minha rua.

De repente, Bianca passou correndo:

— Vem, Núbia, vamos brincar de esconde-esconde!

Aí entrei na brincadeira. Ficamos na maior correria, rindo, caindo no chão, gritando, até que minha mãe me chamou:

— Vem pra dentro, Núbia! O que você está fazendo na rua, à noite? Se você está sem sono, aproveita e vai ler o livro que sua tia trouxe sobre a África.

Entrei de má vontade. Estava gostosa a brincadeira. Mas, ao pegar o livro que minha tia trouxe, fiquei animada de novo com meu trabalho de escola. Olha quanta coisa nesta página do livro!

Mulheres angolanas recepcionam secretário-geral da ONU. Angola declarou a independência de Portugal em 1975, mas vários grupos entraram em guerra pelo poder no país até 2002.

Vista geral do Cairo, com as pirâmides em segundo plano, 2007.

Mulheres e crianças congolesas em vila da República do Congo. Existem quinze grupos de etnia bantu e mais de setenta subgrupos. O Congo tornou-se independente da França somente em 1960.

Mercado em São Tomé e Príncipe. O país é formado por duas ilhas que, após séculos de colonização portuguesa, conquistaram sua independência em 1975.

A música no dia a dia da população das ilhas de Cabo Verde é muito forte. Os ritmos caboverdianos de hoje e vários instrumentos são frutos da combinação das raízes africanas e europeias.

Vista aérea da Cidade do Cabo, África do Sul, 2005.

NÚBIA RUMO AO EGITO 27

Naquela noite sonhei com o trabalho pronto. Uma parte dele tinha a história do Egito, escrita com uma letra bem desenhada, num papel que imitava um **papiro**. Eu e Bianca achamos que ficaria legal, pois o papiro foi inventado pelos egípcios. Outra parte do trabalho era uma linda maquete com as imensas pirâmides, o rio Nilo azul, azul, as cidades...

E foi exatamente desse jeito que ficou o trabalho. Meu sonho se tornou realidade.

Muita gente nos ajudou: meu irmão, o professor dele, o professor Boaventura, a professora Maria Lúcia, Bianca. Nos últimos dias, minha casa virou um agito. Tinta, cola, tesouras, pincéis, madeiras, vidros, metais, papéis coloridos, areia, tudo era utilizado no meu trabalho. Minha mãe supervisionando tudo, para que ninguém se machucasse.

Finalmente, a maquete ficou pronta.

Aí eu gritei:

— Mãe, vamos inscrever o trabalho?

— É pra já — falou ela.

Foi emocionante. Uma coisa era o projeto que eu tinha pensado e que havia sido selecionado para participar da olimpíada. Outra era ver tudo aquilo que a gente imaginou ali, prontinho. Preenchemos todos os formulários, tiramos a foto do trabalho e concluímos a inscrição. Agora era esperar...

Olha como ficaram as três partes mais elogiadas do meu trabalho!

❋ PARTE 1 ❋

Egito: uma dádiva do Nilo

De todas as civilizações, a do Egito é uma das mais importantes. Ela se formou no Nordeste da África, às margens do Nilo, que é tão longo que banha nove países.

Ao contrário do que dizem aqueles que não querem reconhecer as riquezas da África como de origem negra, os egípcios também eram negros, de lábios grossos e cabelos crespos. Para eles, a vida era regrada pelo ciclo das cheias e vazantes do rio. Quando acabavam as enchentes e o rio voltava ao seu tamanho normal, ficava no solo um **limbo** que era ótimo para plantar.

Núbia Silva Oliveira

Em *Tumba de Sennedjem*, Tebas

Detalhe de pintura na tumba de Sennedjem, um artesão que viveu provavelmente na época do faraó Ramsés II. A pintura retrata as diferentes fases da produção de trigo no Egito Antigo.

As principais culturas eram trigo, cevada, legumes, papiro e uva. Os egípcios também pescavam, caçavam e criavam animais.

Uma das características do antigo Egito era o fato de que a terra não tinha dono. Os agricultores ou artesãos tinham apenas o direito de viver na terra e de plantar. Era função do Estado coordenar as atividades produtivas.

❈ PARTE 2 ❈

A era dos grandes faraós

O Egito tem cerca de 5.000 anos. Por volta de 3200 a.C. (antes de Cristo), começava um longo período de apogeu da sociedade egípcia: a era dos grandes faraós.

O faraó ocupava o topo da hierarquia social. Era considerado filho do Deus Sol. Os egípcios julgavam que toda felicidade dependia do faraó e realizavam frequentes cerimônias em sua homenagem.

A deusa Hathor olha para o faraó Horemheb, em detalhe de sua tumba, no Vale dos Reis, Egito, cerca de 1330-1305 a.C.

Faraó Akhenaton e sua mulher, Nefertiti, em escultura de cerca de 1350 a.C.

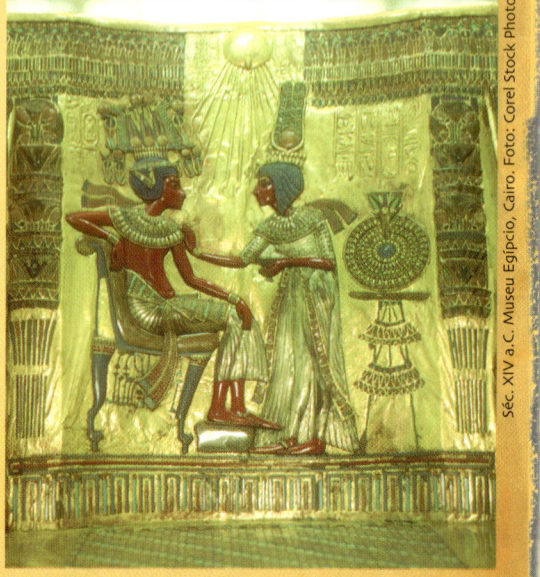

Faraó Tutancâmon e a rainha Ankhesenamun, em detalhe do trono real encontrado na tumba do faraó. Século XIV a.C.

⁂ PARTE 3 ⁂

Crenças e deuses

A sociedade egípcia era marcada por uma profunda religiosidade. Para homenagear seus deuses, os egípcios construíam templos grandiosos. Eles acreditavam que os deuses habitavam os templos.

A imortalidade

Para os egípcios, a morte apenas separava o corpo e a alma. A vida poderia durar eternamente.

Ciências

O estudo da Matemática e da Geometria tinha um objetivo principal: a construção civil. Usavam a raiz quadrada e as frações. A primeira represa conhecida na história da humanidade e os primeiros canais de irrigação foram obras grandiosas realizadas no rio Nilo.

Observando os astros, os egípcios localizaram alguns planetas e constelações.

Utilizavam relógios de água e um calendário solar.

Já naquele tempo eles dividiam o dia e a noite em 24 horas e o ano em 365 dias.

Núbia Silva Oliveira

Desde que entreguei o projeto, o Egito não sai de minha cabeça.

Ao sair da classe, passei pelo pátio e vi que estavam enfeitando tudo. Dali a dois dias seria a festa da entrega solene do prêmio e haveria uma exposição de todos os trabalhos da nossa escola que foram inscritos. Pelo jeito, a festa será muito bonita!

capítulo 5

A FESTA AFRO-BRASILEIRA

Acabo de chegar à escola e todos estão me elogiando. A professora Maria Lúcia me deu um beijo e me abraçou. Disse que eu estou linda. Será que ela gostou da minha maquete?

Eu estava mesmo me sentindo muito bonita. Minha mãe e minha avó fizeram um penteado bem legal no meu cabelo. Primeiro colocaram um creme com um perfume bem suave e depois massagearam demoradamente o cabelo até ele ficar brilhante. Finalmente fizeram muitas tranças. Por último colocaram continhas de pedras coloridas em todas as pontinhas das tranças. Ficou lindo!

Mamãe comprou um vestido bem bonito para mim. Toda a família se arrumou e viemos para a escola. Estou emocionada. Vou receber o prêmio. A escola está enfeitada! Há muitos trabalhos expostos. O meu está no centro do pátio.

— Núbia! Núbia, vem cá! — chamou Bianca.

Ela também estava linda. Os cabelos dela eram clarinhos e fininhos e, quando o sol batia, pareciam fios de ouro. Eram lindos, mas ela sempre resmungava:

— Meu cabelo é muito escorrido. Queria ter o cabelo como o seu, onde se pode colocar pedrinhas coloridas.

Bianca me chamou para ver as barracas de comidas. Na faixa que abria o salão estava escrito: **Culinária afro-brasileira – marcas da comida africana no Brasil.**

Acarajé.

Vatapá.

Caruru.

32 ◆ MÃE ÁFRICA

Olhamos para aquelas comidas coloridas com olhos gulosos. Do lado de cada prato, estava escrito em que região da África ele tinha se originado, quais eram os ingredientes originais utilizados no preparo e os novos ingredientes que os brasileiros introduziram. Tinha o mungunzá, que mamãe

Grupo folclórico dançando o Maracatu.

sempre faz. Tinha acarajé, vatapá, caruru. E cuscuz com carne-seca e torresmo, que eu adoro! Aliás, não sabia que tinha se originado na África... Nossa, quanta comida! Pegamos um acarajé cada uma e fomos conhecer as outras barracas.

Ficamos correndo para lá e para cá, olhando os trabalhos e as barracas. Tudo era muito bonito. Os outros professores e os pais dos nossos amigos estavam lá.

Antes da entrega do prêmio, houve um *show* com grupos de maracatu, batuque e carimbó, tudo artes afro-brasileiras. A diretora falou um pouco sobre a cultura afro-brasileira que estávamos vendo ali, a comida, os instrumentos musicais, os livros de literatura, as poesias.

Então, a diretora chamou para o anúncio da premiação... Ao ouvir meu nome, fiquei paralisada, com uma mistura de medo e vergonha de subir no palco.

— Núbia Silva Oliveira — repetiu ela. — Seu trabalho é o primeiro colocado na nossa Olimpíada da Cidadania! Parabéns!

No meio da multidão que me aplaudia, minha mãe, vendo-me imóvel, empurrou-me de leve:

— Vai lá, vai receber seu prêmio — falou ela.

E eu fui, andando devagarzinho, subindo os degraus de acesso ao palco. E foi tudo muito emocionante no momento da entrega do prêmio.

Chorei, vi que a Bianca estava emocionada e vi lágrimas nos olhos de minha mãe.

capítulo 6

Fé e religião

Recebi as passagens aéreas e voltei a viajar em sonhos. A viagem seria em duas semanas.

Nos dias seguintes, sempre me via dentro de um grande avião, sobre o oceano Atlântico, em direção ao Egito.

Escolhi minha mãe para estar comigo. Afinal, seu sonho era conhecer a África.

No dia do prêmio, chegamos em casa e mamãe falou:

— Vamos começar a arrumar as malas logo. E, antes de atravessar o oceano, vamos receber uma proteção, um **axé**, lá no **terreiro** de Mãe Sônia.

— O que é isso? — falou meu pai. — A menina nem sabe se quer seguir o **candomblé** e você a força a aceitar essa religião? Essa mãe de santo, pra mim, é uma "mãe de encosto"!

Minha avó, que entrava na cozinha naquele momento, falou forte e muito brava:

— Que preconceito é esse, Pedro? Nesta casa as pessoas seguem diferentes religiões e você tem que respeitar a escolha de cada um!

— Não é preconceito! — respondeu meu pai. — Lá nesse terreiro vocês ficam oferecendo comidas, flores, animais ao "santo" e fazendo rituais para tirar os espíritos ruins das pessoas. Não é assim?

— Eu digo que às vezes você é ignorante, e é mesmo! — minha mãe reclamou. — Esquece que a maioria das religiões faz oferendas às suas divindades? A maioria! E também esquece que a maioria das religiões sempre tem rituais para tirar más influências, maus espíritos.

— E digo mais — falou vovó. — Quando você diz essas coisas, está incentivando as pessoas a terem preconceito, pois as críticas ao candomblé normalmente acontecem porque é uma **religião de matriz africana**.

— O que quer dizer religião de matriz africana? — perguntei.

— É uma religião que tem seu nascimento na África, minha querida — respondeu mamãe.

Olhei para minha mãe, meu pai e minha avó e fiquei pensativa. Aqui em casa temos várias religiões: minha avó e minha mãe são do candomblé, minha tia é católica e meu pai é evangélico...

MÃE ÁFRICA

Várias vezes fui com minha tia à missa. Muitas vezes, quando meu pai falava que ia à igreja receber "a palavra", eu ia com ele e convidava Bianca, porque ela é evangélica. E sempre vou com mamãe ao terreiro de Mãe Sônia. Eu me sinto bem em todos os lugares e não sei o porquê dessa confusão...

— Você sabia que a maioria dos mandamentos bíblicos surgiu na África, lá no Egito? — perguntou vovó.

— Não acredito nisso! – meu pai falou.

— Pois vá ler para se informar melhor! — retrucou firme minha avó.

Ficou um silêncio na cozinha.

— O mais importante – continuou vovó — é lembrar que o Brasil é um país **laico**!

— Laico? O que é isso? — perguntei à mamãe.

— Um país que não tem religião oficial, que é independente religiosamente. Aqui todas as religiões são importantes e têm o mesmo valor. Não pode haver **injustiça**! É o que diz a **Constituição**, que é a lei maior do país.

Todos ficaram quietos de novo. Eu pensei: "Vamos viajar daqui a dois dias e tem esse clima de briga em casa... Que chato!"

Toda aquela discussão sobre religiões me encheu de curiosidade. Fui pesquisar um pouco e olha quantas informações encontrei.

capítulo 7

Enfim, o Egito!

Fui com mamãe receber o "axé" na casa de Mãe Sônia e, dois dias depois, embarcamos.

Chegamos ao Egito após doze horas de viagem, num avião que parecia um imenso pássaro prateado.

Conhecemos Ahmed, o guia que iria nos acompanhar por toda a viagem. Ele nos deixou no hotel, mas no dia seguinte, logo cedo, já estava de volta para nos levar a um cruzeiro pelo grande rio Nilo.

O navio era imenso. Tinha três andares, onde ficavam as cabines. Na parte de cima tinha piscina e sala de jogos. A cabine na qual eu e mamãe ficamos era muito bonita, com um pequeno quarto todo acarpetado, duas camas, uma pequena mesa e a televisão. E havia um banheiro cheiroso com uma bela banheira.

Guardamos nossas coisas na cabine e subimos para um salão próximo à piscina para encontrar Ahmed. Logo que chegamos, vimos a maravilha do rio Nilo, que se estendia à nossa frente, e também a paisagem das margens do rio.

— Estão bem acomodadas? — perguntou Ahmed.

— Sim — falou mamãe.

— E estamos curiosas para saber mais sobre o cruzeiro, completei.

— Hoje vamos visitar dois lugares muito importantes na história do Egito: Luxor e Karnak. Vamos? — chamou ele.

Quando chegamos ao templo de Karnak, ficamos sem fala. Era maravilhoso!

Ahmed comentou:

— Esse santuário começou a ser construído há quarenta séculos. Ele se

Templo de Karnak, em Luxor, Egito.

NÚBIA RUMO AO EGITO 37

localiza a leste do rio Nilo e representa a vida, os templos, as cidades, os deuses. Do outro lado, a oeste do rio Nilo, estão as tumbas, os cemitérios, o vale da morte. Aqui, como podem ver, é um lugar imenso, pois cada faraó que assumia o poder fazia um acréscimo na construção, e o espaço total hoje é de 100 hectares.

Fomos andando e identificando o que nos mostrava Ahmed.

— Vejam os lagos sagrados, altares, obeliscos...

— O que é obelisco? — perguntei.

— É uma estrutura de pedra altíssima e alongada, que vai afinando progressivamente e no final forma uma pirâmide. Essas construções todas eram dedicadas aos deuses e aos orgulhosos faraós — explicou Ahmed. — São 31 **dinastias**. Destas, 21 eram dinastias negras.

Muitos governantes, muitos desejos...

Em cerca de 3.000 anos de tradição faraônica, passaram pelo trono do Egito homens (e algumas mulheres) com aspirações bem diferentes. Desde os misteriosos construtores das pirâmides de Gizé, ao poeta místico Akhenaton, passando pelo lendário Ramsés II, encontramos toda uma diversidade de indivíduos que, no seu conjunto, governaram uma das mais importantes civilizações humanas.

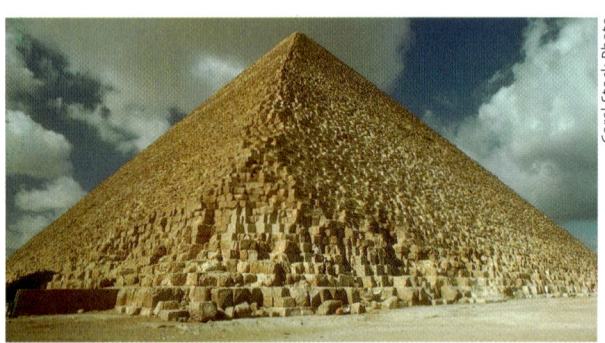

Pirâmide de Quéops, uma das três pirâmides de Gizé, no Cairo, capital do Egito.

Pirâmides de Gizé, no Egito.

Chegamos a um incrível salão com muitas colunas de pedras gigantescas, cheias de pinturas e **hieróglifos**.

— Algumas dessas colunas de pedra — falou Ahmed, com tom de orgulho — têm mais de 20 metros de altura e são imitações de papiro, que trazem muitas informações sobre a história, a religiosidade, enfim, sobre a cultura egípcia. Essa imensa

A religião islâmica

O **islão**, **islã**, **islame** ou **islamismo** é uma religião monoteísta (que cultua ou adora a um único deus). Surgiu na Península Arábica no século VII, baseada nos ensinamentos religiosos do profeta Muhammad e na escritura sagrada chamada Alcorão.

A mensagem do islão tem algumas características marcantes: para atingir a salvação, é preciso acreditar num único Deus, rezar cinco vezes por dia, submeter-se ao jejum anual no mês do **Ramadã**, pagar dádivas rituais e efetuar, se possível, uma peregrinação à cidade de Meca.

"biblioteca" tem 4.500 metros quadrados, e o início de sua construção ocorreu há mais de 4.000 anos.

Passeamos por várias horas pelo Templo e depois voltamos para o navio.

Dormi emocionada, pensando em como eram inteligentes e cultos meus antepassados. Estava sentindo muito orgulho por ser descendente de africanos.

No dia seguinte, fomos para o outro lado do rio Nilo, o lado oeste, "onde o sol se põe e a vida eterna começa...".

— É importante lembrar — falou Ahmed — que os egípcios foram os primeiros a acreditar que o ser humano possui uma alma imortal e que a vida continua além da morte.

Fomos seguindo Ahmed, vendo diversas construções, como a tumba do filho de um faraó — Ramsés III — enterrado há mais de 3.000 anos. Era possível ver as pinturas na parede, bem conservadas.

Foi construído por Hatshepsut, primeira mulher que foi faraó. Ela governou durante 20 anos, entre 1504 a.C. e 1483 a.C., num período de paz e desenvolvimento.

Detalhe de um dos três caixões de Tutancâmon.

Detalhe de pintura da tumba da rainha Nefertari, em Luxor.

Colunas do Templo de Karnak, em Luxor, Egito.

NÚBIA RUMO AO EGITO 39

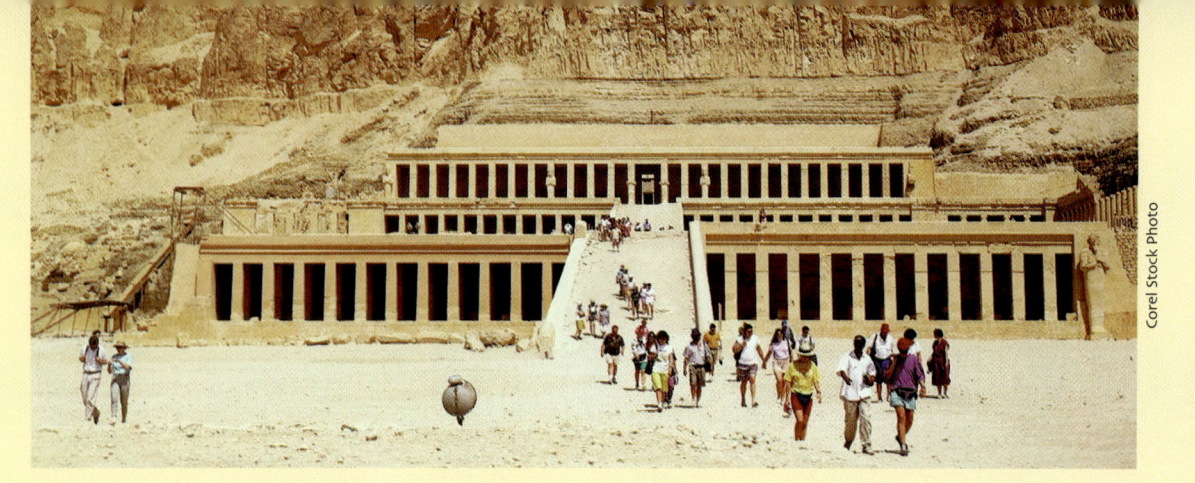

Templo de Hatshepsut, Egito.

Sarcófago do faraó Tutancâmon, cerca de 1325 a.C.

Passeamos pelo vale dos reis, que é uma extensa área onde foram encontradas 62 tumbas de reis e nobres. Ahmed nos disse que, como os egípcios acreditavam na vida depois da morte e na ressurreição, os mortos eram mumificados e colocados no interior das pirâmides com seus objetos pessoais, muitas vezes joias, roupas etc., pois pensavam que poderiam ser úteis numa nova vida.

Como ocorriam muitos roubos, escolheram uma área deserta, com várias montanhas, para enterrar os corpos e bens dos faraós. As tumbas passaram a ser construídas dentro dessas montanhas.

Somente após milênios essas tumbas foram encontradas. Uma delas, a do faraó Ramsés II, que tinha seis filhos, era como uma cidade subterrânea, com 1.264 metros quadrados e mais de 130 corredores e câmaras. Em outra tumba, a do jovem faraó Tutancâmon, foram encontradas centenas de objetos em ouro, marfim e prata, ricamente trabalhados.

Ao fim do dia estávamos ainda muito impressionadas. Quanta riqueza na África! Fomos para o navio com a ideia de tomar um gostoso banho e jantar. Foi o que aconteceu; comemos um cozido de carneiro com um arroz perfumado, feito com canela, e depois comemos tâmara, uma fruta típica da região. Finalmente nos arrastamos exaustas para a cama depois de um dia de tão intensas emoções.

No dia seguinte não saímos do navio, pois viajamos até uma região chamada Assuã. O próximo passo seria tomar um avião até Abu Simbel, outro lugar muito famoso no Egito.

Como o navio foi navegando suavemente, foi possível observar a vida às margens do rio Nilo. Do meio do rio vimos plantações de milhos, casebres, burrinhos puxados por seus donos. As crianças brincavam e acenavam para nós.

Vista da ilha Elefantina, no rio Nilo, em Assuã, Egito.

Falcão em detalhe do templo de Hórus, em Edfu, Egito.

O que era mais interessante é que havia grandes construções parecidas com igrejas, de onde se ouvia sempre o mesmo tipo de cântico, vindo de vozes masculinas. Perguntei a Ahmed o que era aquilo.

— São **mesquitas**, os templos religiosos dos muçulmanos — falou ele.

A maioria dos egípcios, atualmente, são muçulmanos.

Escola para jovens núbios em Assuã.

Voamos, então, para Abu Simbel, no sul do Egito, quase Sudão. Ahmed parecia emocionado no caminho e disse que eu teria uma bela surpresa.

— Em Abu Simbel! — Ahmed exclamou. — Estamos a apenas 40 quilômetros do Sudão, onde ficava a antiga Núbia — completou risonho.

Núbia! Meu nome, que nunca vejo em lugar nenhum, está aqui no Egito!

— O que significa *Núbia*? — perguntei.

— Significa "a terra do ouro" — falou ele. — Núbia foi uma região muito rica, cheia de ouro, onde surgiu a primeira civilização africana.

"Que delícia ter esse nome!", suspirei.

Caminhei emocionada e distraída atrás de Ahmed e mamãe, em direção ao templo de Abu Simbel, o maior de todos do Egito.

— Esse templo tem uma história muito interessante. Vou contar para vocês enquanto almoçamos. — disse Ahmed.

Fomos a um pequeno restaurante em Abu Simbel, próximo ao aeroporto, e comemos um delicioso macarrão com frango e verduras. Já era hora! Mamãe havia dito que estava faminta. Ahmed, então, falou sobre o templo.

NÚBIA RUMO AO EGITO

Templo de Abu Simbel, Egito.

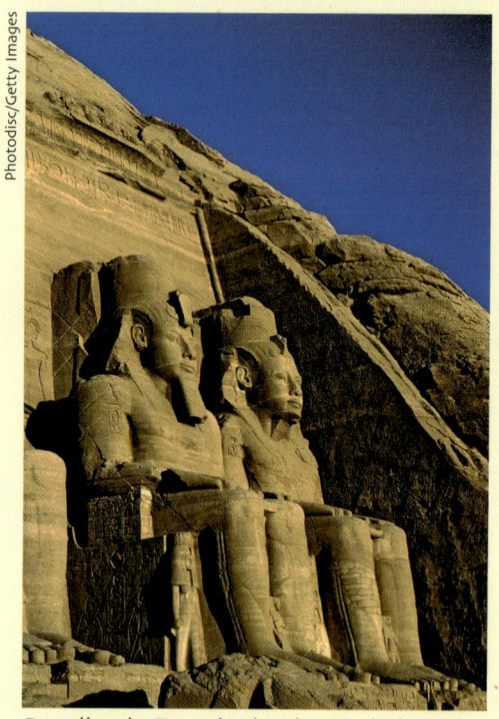

Detalhe do Templo de Abu Simbel, Egito.

— Foi necessário fazer uma nova barragem em Assuã, mas essa construção iria deixar o templo submerso. Para evitar a tragédia, um enorme grupo de trabalhadores colocou todo o templo 60 metros acima do local onde estava. Quem apoiou este trabalho todo foi a Unesco, a Organização das Nações Unidas para a Educação, a Ciência e a Cultura.

Havia toda uma preocupação em manter a mesma posição do templo em relação ao Sol, pois, no alvorecer dos dias 22 de fevereiro e 22 de outubro, a luz do Sol penetra em todo o templo e ilumina, lá no fundo, as estátuas dos deuses Amon, Rá e também a do Faraó.

— Esse templo mostra como os egípcios antigos eram geniais em Matemática para conseguir essa proeza — falou Ahmed.

Após o almoço, fomos direto para o aeroporto, pois iríamos conhecer a Alexandria e o Cairo, últimas visitas antes de voltarmos para casa.

Alexandria, local do nosso penúltimo passeio, ficava bem ao norte do Egito, e era muito diferente de tudo o que havíamos visto. A cidade ficou conhecida por abrigar a mais famosa biblioteca da Antiguidade, que guardava cerca de 70.000 pergaminhos. A biblioteca sofreu um incêndio e foi reconstruída. Hoje é uma lindíssima construção cilíndrica de 11 andares, com capacidade para oito milhões de livros. Tem uma fachada imensa, com todos os alfabetos do mundo esculpidos.

Ficamos passeando pela imensa biblioteca por quase três horas. Depois, exaustas, voltamos para o hotel para descansar antes do nosso último passeio: a cidade do Cairo, capital do Egito.

Logo que chegamos à cidade do Cairo, vimos as três pirâmides mais famosas do Egito. Elas são imensas e dá para vê-las de muitos pontos diferentes da cidade. Quando chegamos perto, senti um arrepio! Estava deslumbrada com aquilo. Parecia um sonho aquela imagem.

Vista da Biblioteca Alexandrina, em Alexandria.

— Puxa vida! Estão lá erguidas há 4.000 anos, não é, mãe?! — gritei, animada.

Olhei para mamãe, que não me respondeu. Seus olhos estavam úmidos e ela admirava aqueles monumentos com um olhar perdido no horizonte. Parecia que ela acabava de realizar um sonho muito antigo, uma missão que antes parecia muito distante, impossível. É... eu também estava emocionada.

Vista interna do Museu Egípcio, Cairo.

Nosso último passeio foi ao Museu. Havia muitas múmias, sarcófagos, objetos maravilhosos de ouro, marfim, prata, madeira, contando a maravilhosa história do Egito. Vários deles haviam sido retirados do interior das pirâmides e dos templos. Mas também soubemos que grande parte dos preciosos objetos egípcios foram roubados e estavam agora nos museus dos países colonizadores. E são eles que são civilizados? Por que não devolvem as riquezas egípcias?

Fachada do Museu Egípcio, no Cairo.

NÚBIA RUMO AO EGITO 43

capítulo 8
Voltando para casa

Estamos voltando para casa. Pela janela do avião, olho o rio Nilo e a cidade do Cairo lá embaixo.

Concordo com mamãe: o Brasil, e principalmente as crianças brasileiras, perdem muito por não conhecer as riquezas da África. Percebo que isso também é uma forma de racismo, esconder a nossa história de civilização, nossas riquezas e ficar nos mostrando sempre como pessoas selvagens, primitivas, feias.

Uma coisa eu não posso deixar de pensar... estou me sentindo muito bem depois de ter visitado o Egito. Estou gostando mais de ser a Núbia. E aprendi que as coisas podem mudar. E nós podemos ajudar a empurrar as mudanças, para que não demorem muito.

Horas depois, vendo o Atlântico lá embaixo, lembro que, diferentemente dos meus antepassados, que atravessaram esse oceano nos navios negreiros, estou abraçadinha à minha mãe... estamos silenciosas, dentro de um avião, pensando nas maravilhas que vimos. E penso em maneiras de mostrar essas maravilhas ao Brasil, para que todas as crianças, brancas e negras, tenham orgulho de seu lado africano. Quem sabe eu possa escrever um livro um dia...

Glossário

Agogô – Instrumento de percussão, de origem africana, constituído por duas campânulas de ferro, o qual se percute com vareta do mesmo metal, e é usado particularmente nos candomblés da Bahia, nas baterias das escolas de samba, no maracatu de Pernambuco e em conjuntos musicais.

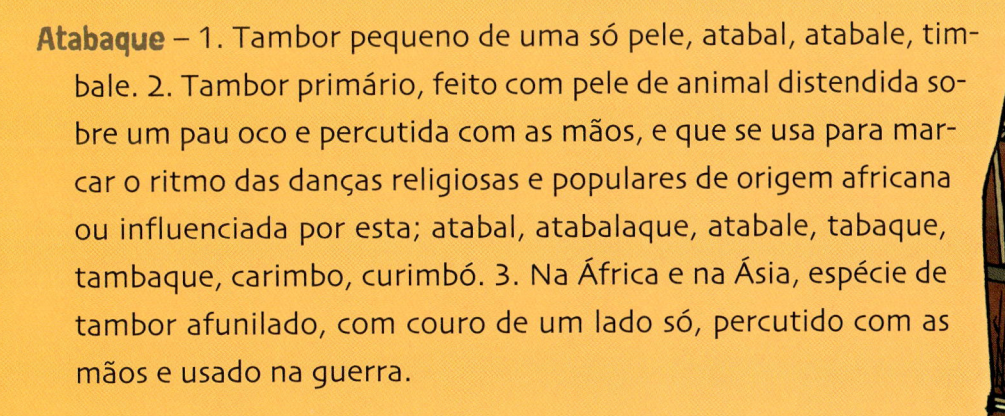

Atabaque – 1. Tambor pequeno de uma só pele, atabal, atabale, timbale. 2. Tambor primário, feito com pele de animal distendida sobre um pau oco e percutida com as mãos, e que se usa para marcar o ritmo das danças religiosas e populares de origem africana ou influenciada por esta; atabal, atabalaque, atabale, tabaque, tambaque, carimbo, curimbó. 3. Na África e na Ásia, espécie de tambor afunilado, com couro de um lado só, percutido com as mãos e usado na guerra.

Axé – 1. Cada um dos objetos sagrados do orixá (pedras, ferros, recipientes etc.) que ficam no peji das casas de candomblé. 2. Alicerce mágico da casa do candomblé.

Balaio – Cesto de palha, de talas de palmeira ou de cipó, com tampa ou sem ela, geralmente com o formato de alguidar; patuá.

Bamboleio – Bamboleamento. Ato de bambolear. Balancear, menear – De bambo. Sem firmeza, trêmulo, oscilante. Do quimbundo *mbambi*, tremor, ou do umbundo *mbamba*, coisa que oscila, que treme.

Batuque – 1. Designação comum a certas danças afro-brasileiras. 2. Batucada. 3. O ato de batucar. 4. Culto religioso afro-gaúcho.

Candomblé – Religião introduzida no Brasil pelos negros no período da escravidão, originada de regiões dos atuais países da Nigéria e do Benim.

Capitalismo – Sistema socioeconômico em que os meios de produção (bancos, financeiras, fábricas, lojas comerciais, supermercados etc.) pertencem a empresas privadas ou indivíduos, que contratam mão de obra em troca de salário.

Cidade-Estado – 1. Estado soberano e autônomo constituído por uma cidade e áreas próximas. 2. Na Grécia antiga, era a unidade política, econômica e social delimitada geograficamente, que tinha como núcleo uma cidade e onde a soberania era dos cidadãos livres, que indicavam a forma de governo.

Colônia – Região que pertence a um Estado fora de seu território principal.

Colonização – Povoamento e exploração de um país pela metrópole; transformação de uma região em colônia.

Colonizadores – Aqueles que realizam a colonização.

Constituição – Conjunto de normas fundamentais que regulam a vida em sociedade em um país.

Dinastia – Série de reis ou soberanos de uma mesma família que se sucedem no poder.

Discriminação – Tratamento diferente, com injustiça.

Estado – País soberano e politicamente organizado.

Gonguê – Espécie de agogô de uma só campânula. Do quimbundo *ngonge*, sino. Pequeno tambor que faz parte do conjunto instrumental do bambelô.

Hieróglifos – Escrita dos antigos egípcios.

Imperialista – Relativo a imperialismo, política de expansão e domínio territorial, cultural e econômico de uma nação sobre as outras, ou sobre uma ou várias regiões geográficas.

Injustiça – Desrespeito aos direitos de alguém.

Laico – Onde há separação entre o Estado e a religião.

Limbo – 1. Orla, borda, redondo. 2. Lugar onde, segundo a teologia católica posterior ao século XIII, se encontram as almas das crianças muito novas que, embora não tivessem alguma culpa pessoal, morreram sem o batismo que as livrasse do pecado original.

Luanda – Um dos toques da orquestra do maracatu. A palavra luanda significa "tributo", em quimbundo, e a capital da atual República Popular de Angola tem esse nome porque numa de suas praias (na ilha de Luanda) é que se colhia o *nzimbu*, a concha-moeda dos ambundos.

Malê – Ou malê; nome dado, especialmente na Bahia, ao negro muçulmano trazido do Noroeste da África.

Maracatu – 1. Dança dramática afro-brasileira. 2. Música popular inspirada nessa dança.

Mesquita – Templo destinado ao culto muçulmano.

Metrópole – Nação que explora a colônia; hoje é qualquer cidade grande e importante.

Mungunzá – Espécie de mingau feito de milho branco, leite e leite de coco, temperado com açúcar e canela. Mugunzá, manguzá, canjica. Mingau de milho da tradição afro-brasileira; canjica – do quimbundo *mukunza*, milho cozido. Comida ritual angolana.

Organização – Associação com objetivos definidos.

Papiro – Material sobre o qual se escrevia no Egito antigo.

Preconceito racial – Ideia infundada sobre outra raça, vista como inferior.

Racismo – Teoria que sustenta a superioridade de certas raças e inferioridade de outras.

Ramadã – 1. O nono mês do ano muçulmano, considerado sagrado, e durante o qual a lei de Maomé prescreve o jejum num período diário entre o alvorecer e o pôr do sol. 2. O jejum observado durante esse mês.

Religião de matriz africana – Crença que possui raiz no continente africano.

Riquezas minerais – Recursos naturais dos quais se podem extrair metais ou outras substâncias úteis.

Terreiro – Templo onde se celebram os ritos dos cultos afro-brasileiros.

Tratado – 1. De tratar; trato. 2. Contrato internacional referente a comércio, paz etc. 3. Trato. 4. Estudo ou obra desenvolvida a respeito de uma ciência, arte etc.

Referências bibliográficas

FARAH, Paulo Daniel. *O Islã*. São Paulo: Publifolha, 2001. (Série Folha Explica Religião.)

FERREIRA, Aurélio Buarque de Holanda. *Novo dicionário Aurélio da língua portuguesa*. Curitiba: Positivo, 2004.

HOUAISS, Antonio. *Dicionário Houaiss da língua portuguesa*. Rio de Janeiro: Objetiva, 2007.

LOPES, Nei. *Novo dicionário banto do Brasil*. Rio de Janeiro: Pallas, 2003.

MUNANGA, Kabengele. *Negritude – usos e sentidos.* 2. ed. São Paulo: Ática, 1988. (Série Princípios.)

——— ; GOMES, Nilma. *Para entender o negro no Brasil de hoje*: história, realidades, problemas e caminhos. São Paulo: Global/Ação Educativa, 2004. (Coleção Para Entender, v. 1.)

——— ; SERRANO, Carlos. *A revolta dos colonizados*: o processo de descolonização e as independências da África e da Ásia. São Paulo: Atual, 1995.

QUEVEDO, Júlio; ORDOÑES, Marlene. *A escravidão no Brasil.* São Paulo: FTD, 1998. (Coleção Para Conhecer Melhor.)